MÉMOIRE

SUR LA RÉVISION DU PROCÈS

DU

MARÉCHAL NEY.

Imprimerie de Ducessois,

QUAI DES AUGUSTINS, 55.

MÉMOIRE

SUR LA RÉVISION DU PROCÈS

DU

MARÉCHAL NEY

ET SUR LA JURISPRUDENCE EN GÉNÉRAL

DE LA COUR DES PAIRS.

Par G. Delmas,

AVOCAT A LA COUR ROYALE DE PARIS.

> « Je suis accusé contre la foi des traités
> et on ne veut pas que je les invoque ! .....
> j'en appelle à l'Europe et à la postérité ! »
> (*Protestation du* MARÉCHAL NEY, *à*
> *l'audience du* 6 *décembre* 1815.)

PARIS.

LOUIS JANET, LIBRAIRE-ÉDITEUR,

RUE SAINT-JACQUES, 59.

—

1852

Mémoire

SUR LA RÉVISION DU PROCÈS

DU

MARÉCHAL NEY.

———

La veuve et les enfans du maréchal Ney ont présenté une requête pour solliciter du Roi une ordonnance qui constitue la chambre des pairs en Cour de justice, et pour être admis à soumettre à cette Cour une demande en révision et annulation de l'arrêt du 6 décembre 1815.

Seize ans sont passés depuis la condamnation à mort de Michel Ney, prince de la Moskowa, duc d'Elchingen, maréchal et pair de France. La nation n'a pas attendu jusqu'à ce moment pour rendre justice à l'illustre victime des réactions politiques; mais la famille doit dire aujourd'hui, comme à l'époque du premier procès : « Il ne suffit pas qu'on l'accorde, il faut qu'elle

» soit solennellement prouvée ; nous ne voulons
» rien devoir à la libéralité, mais tout à la vérité. »
(*Réplique de* M. Dupin, *audience du jeudi* 23
novembre 1815.)

La France n'a pas besoin de la révision du
procès pour porter un jugement équitable sur la
vie du maréchal, et pour flétrir d'une juste ré-
probation les tristes circonstances d'un procès,
souvenir si douloureux de notre histoire ! Cependant, une nation grande et généreuse sup-
porte *avec haine et ennui* (1) *la mémoire d'une
iniquité,* surtout quand elle frappe sur un nom
illustré par des services éclatans ; et jusqu'à ce
qu'une réparation solennelle efface les traces de
l'injustice, une sorte de chagrin inquiet se remue
dans l'âme du peuple, qu'il est honorable et politique de calmer. Pour madame la maréchale
Ney et ses enfans, la requête au Roi était dictée
par un motif particulier et bien légitime ; le cri
testamentaire du maréchal, son appel à la postérité leur faisait un devoir de le relever : heu-
reux, en sollicitant la révision et l'annulation

(1) Paroles du chancelier Guillaume Duvair.

de l'arrêt du 6 décembre 1815, de trouver les inspirations de la piété filiale dans un accord parfait avec les vœux du pays.

Cependant, au milieu de cette pieuse entreprise, un obstacle imprévu leur cause une surprise mêlée de douleur.

Ils demandent justice, et des objections, reproduites avec insistance, semblent faire supposer qu'il n'existe pour eux aucun moyen de l'obtenir. La famille du maréchal Ney, tenant d'une main l'arrêt du 6 décembre et de l'autre la convention du 3 juillet 1815, si hautement méconnue dans le procès, croyait n'avoir qu'à paraître devant la Cour pour justifier sa demande en révision. La sagesse du monarque, les lumières et les intentions du conseil du Roi rassuraient pleinement la famille du maréchal sur l'accueil favorable que mérite leur demande; mais l'examen des griefs produits contre l'arrêt excite des alarmes secrètes, inquiète des susceptibilités ombrageuses, réveille peut-être des remords qui redoutent une discussion publique, et, dans la crainte d'aborder enfin la question, on hésite, on diffère et l'on invoque tout bas *une fin de non-recevoir;* on allègue le défaut d'une loi qui autorise formellement la révision devant la chambre des pairs.

Vainement il a été établi que la révision pour *faux témoignage* et la *révision gracieuse* étaient deux voies légales ouvertes à cette demande, et parfaitement applicables aux faits et aux circonstances du procès du maréchal.

Des prétextes ont surgi en foule et dans l'ombre, appuyés sur la lettre de la loi ou sur les interprétations de certains auteurs, pour déclarer que cette double voie de révision était interdite à la famille du maréchal.

Et, ces deux moyens écartés, on a coloré le *déni de justice* du motif spécieux que la chambre des pairs ne pouvait admettre la révision sans y être autorisée formellement par une loi.

Nous pensons que le célèbre orateur, défenseur du maréchal et de sa famille, qui aura soutenu la vérité et le bon droit dans les deux grands actes de ce drame judiciaire, a parfaitement démontré que l'art. 445 renfermait un moyen de révision pour faux témoignage applicable à l'affaire du maréchal Ney, et que, de plus, le Roi,

en vertu de sa prérogative, avait le droit d'or-
donner la révision gracieuse, lorsque *des circonstances particulières et extraordinaires sortaient
un arrêt de la règle commune*, circonstances qui
se rencontrent dans la condamnation du maréchal.

Ces principes, développés avec toute l'autorité de sa parole éloquente, nous paraissent à
l'abri d'une contradiction sérieuse.

Mais puisque on soutient qu'en l'absence d'une
loi précise sur la révision, la chambre des pairs
doit se refuser à admettre la demande; puisqu'on cherche à la placer dans une sorte d'inca-
pacité légale pour épargner, non pas à la Cour
mais à quelques membres, le souci de revenir
sur le procès du maréchal, prouvons que la
chambre des pairs, même dans ce cas, ne pourrait se refuser à admettre et à juger la demande
en révision.

Les principes sur lesquels M. Dupin s'est
fondé pour motiver la révision sont incontesta-
bles; mais, voulant ôter aux adversaires connus
ou inconnus l'avantage d'argumenter de l'absence d'une loi pour déclarer la demande en ré-

vision non recevable, nous soutenons que la chambre des pairs, d'après les principes et les usages invoqués et appliqués par elle, soit dans le procès du maréchal Ney, soit dans tous les procès dont l'ensemble fonde sa jurisprudence, peut et doit accueillir la demande en révision, en peser les élémens, et prononcer l'annulation conforme aux justes réclamations de la famille du maréchal Ney.

En un mot, la chambre des pairs, pour être fidèle aux principes qu'elle a toujours appliqués, pour se conformer aux règles qu'elle a toujours suivies, ne peut rejeter la demande en révision et annulation sous le prétexte qu'une loi ne l'a pas expressément investie du droit de prononcer sur des demandes de cette nature.

Avant d'entrer dans le développement de cette proposition, rappelons les circonstances principales du procès du maréchal, qui doivent servir de fondement à la révision et à l'annulation de l'arrêt.

La capitulation signée sous les murs de Paris le 3 juillet, et qui ouvrit aux étrangers l'entrée de la capitale, contenait les articles suivans.

Art. 12. « Seront pareillement respectées
» les personnes et les propriétés particulières;
» les habitans et, en général, tous les individus
» qui se trouvent dans la capitale, continue-
» ront à jouir de leurs droits et de leurs liber-
» tés, sans pouvoir être inquiétés ni recher-
» chés en rien relativement aux fonctions qu'ils
» occupent ou auraient occupées, à leur con-
» duite et à leurs opinions politiques. »

Art. 15. « S'il survient quelques difficultés
» sur l'exécution de quelqu'un des articles de
» la présente convention, l'interprétation en
» sera faite en faveur de l'armée française et de
» la ville de Paris. »

Cependant après que cette capitulation eut reçu de la part de l'armée française toute son exécution, et au mépris des dispositions qui promettaient sûreté et protection à tous les citoyens contre les poursuites de l'autorité, le maréchal Ney fut arrêté, traduit devant un conseil de guerre et ensuite devant la Cour des pairs.

Ne pouvant s'opposer à la marche d'une procédure arbitraire instruite contre lui, sans loi, sans formalités constitutionnellement fixées, le maréchal invoqua la capitulation, et se réserva, comme moyen péremptoire, les termes sacrés de cet acte solennel.

Pendant l'instruction du procès, les défenseurs publièrent un mémoire (*Sur les effets de la convention militaire du 3 juillet 1815 et du 20 novembre relativement à l'accusation de M. le maréchal Ney*). On lit dans ce mémoire :

« M. le maréchal Ney était évidemment compris
» dans les termes de l'article 12 : il était *habi-*
» *tant* de Paris ; il y avait son *domicile* de droit
» et de fait ; il y exerçait des *fonctions* ; il tenait
» à l'armée.

» *Accusé, il a invoqué le bénéfice de cet article* ».

Dans l'interrogatoire public devant la chambre des pairs (séance du 5 décembre), M. le maréchal dit encore : « La déclaration était telle-
» ment protectrice, que c'est sur elle que j'ai
» compté. Sans cela, croit-on que je n'eusse pas
» préféré de périr le sabre à la main ! C'est en

» contradiction de cette capitulation que j'ai
» été arrêté, et sur sa foi je suis resté en
» France. »

M. Berryer père, dans sa plaidoirie, était
arrivé à la discussion du moyen tiré de cette
convention en faveur de l'accusé, lorsque M. le
président, en vertu d'un arrêt rendu à huis-
clos, hors la présence de l'accusé, et dans
lequel *les voix furent prises et non comptées*,
interrompit l'avocat en lui interdisant d'alléguer les termes du traité. C'était enlever à la
défense sa liberté, et à l'accusé un moyen péremptoire.

Mᶜ Dupin allait tenter, en faveur de son illustre client, le dernier effort de son zèle, lorsque le
maréchal l'interrompit vivement et s'écria avec
attendrissement :

« Oui, je suis Français, je mourrai Français !
» jusqu'ici ma défense a paru libre : je m'ap-
» perçois qu'on l'entrave à l'instant. Je remer-
» cie mes généreux défenseurs de ce qu'ils ont
» fait et de ce qu'ils sont prêts à faire, mais je
» les prie de cesser plutôt de me défendre tout à
» fait, que de me défendre imparfaitement.

» J'aime mieux n'être pas du tout défendu, que
» de n'avoir qu'un simulacre de défense.

» Je suis accusé contre la foi des traités, et
» on ne veut pas que je les invoque!.... j'en
» appelle à l'Europe et à la postérité. »

Le président ayant ordonné aux défenseurs
de continuer la défense, le maréchal ajouta :
« Je défends à mes défenseurs de parler, à
» moins qu'on ne leur permette de me défendre
» librement. »

Ainsi, dans le procès, on ne permit pas d'invoquer un acte public qui offrait un moyen péremptoire et dont le maréchal rappelait sans cesse les termes protecteurs ;

Et on viola la liberté de la défense.

Voilà les deux griefs sur lesquels portera principalement la demande en révision, lorsqu'elle sera soumise à la Cour des pairs ; mais en ce moment nous cherchons seulement à établir dans ce mémoire que la demande est recevable.

————

La demande en révision de la famille du maréchal Ney est recevable, parce que la chambre des pairs, dépourvue d'une loi sur l'instruction criminelle, y a suppléé en se fondant :

1° Sur les principes et les usages de l'ancienne jurisprudence.

2° Sur les principes du droit commun.

3° Sur les nécessités de son organisation, et que la chambre des pairs, pour suivre la règle qu'elle-même s'est faite, pour se conformer à ses précédens, doit, d'après les mêmes principes, accueillir la demande en révision.

Nous sommes dans un ordre d'idées tant différent de celui où la question soulevée par la demande en révision a été agitée jusqu'à présent !

Il ne s'agit plus d'un texte précis de loi dont le sens ou la portée sont l'objet d'un débat; d'une disposition formelle du Code soumise à des conditions rigoureuses; d'un article de la Charte établissant une prérogative plus ou moins étendue; il s'agit désormais des principes dont la chambre a fait usage pour suppléer à la loi qui n'existait point, principes de l'ancienne et de la nouvelle législation, modifiés d'après l'organisation de la chambre des pairs.

En portant la discussion sur ce terrain, nous suivrons la chambre où elle s'est toujours placée elle-même.

Cependant, comme ce droit extraordinaire de suppléer à la loi a mis la Cour des pairs en opposition avec le système général de notre législation criminelle ; comme cette Cour n'a eu pour guide qu'elle-même dans ces voies nouvelles, ses actes et sa jurisprudence constante doivent révéler la nature et l'étendue du pouvoir qu'elle a exercé, et les principes dont on peut réclamer l'application, à son exemple.

Or, de l'inventaire de ces actes, nous prétendons tirer la preuve que la demande en révision est recevable.

Mais, invoquer ces actes et les principes en vertu desquels la Cour s'attribua des pouvoirs si nouveaux, n'est-ce pas leur accorder une approbation imprudente et s'interdire le droit d'attaquer ceux d'entre eux que nous signalons comme donnant ouverture à la révision ?

La chambre des pairs, en s'armant du droit

de suppléer à la loi, mesura d'avance la grave responsabilité dont elle se chargeait; la liberté, dont elle s'attribua l'usage, *troubla les consciences* (1), et, avant la condamnation du maréchal, elle eut le pressentiment du compte rigoureux que l'opinion publique et la postérité demanderaient un jour de la violation des règles constitutionnelles. Aussi elle se garda bien de proclamer son omnipotence, elle aurait soulevé l'indignation générale; une autorité sans bornes, avouée publiquement, aurait été sans apparence de légalité. La Cour des pairs eût paru une *commission* et non un tribunal.

La chambre des pairs voulut suivre une ligne de conduite différente, et imprimer un tout autre caractère à ses actes et à ses arrêts. En usant, en fait, d'un pouvoir arbitraire, elle repoussa constamment la prétention de l'ériger en principe; en s'affranchissant de l'*observation servile du Code*, elle voulut n'appliquer que des principes de la jurisprudence ancienne et du droit commun; en ne regardant aucune loi

______

(1) Paroles de M. Lally-Tolendal.

comme obligatoire, elle se crut obligée de s'appuyer sur toutes; et, par le mélange des maximes de diverses législations de la France, la Cour fonda en sa faveur, au risque de ce qui pourrait en résulter contre l'accusé, un pouvoir arbitraire fondé sur un amalgame des principes de la jurisprudence ancienne et du droit commun.

Or, si tel est l'état dans lequel la chambre des pairs a reconnu avoir été placée par la Charte, qu'au-dessus d'elle, cette chambre soit dominée par un ensemble de principes soit de l'ancienne, soit de la nouvelle législation auxquels elle est obligée de se conformer, sous peine de tomber dans un arbitraire révoltant, n'est-il pas permis, en conséquence, d'invoquer ces principes et d'attaquer les arrêts de la Cour qui les auraient violés? Parmi les règles suivies, parmi les maximes dont l'autorité a paru à la Cour dignes d'une observation rigoureuse, s'il en était qui, dans le procès, eussent été méconnus, ne serait-on pas recevable à les faire valoir, par la voie de la révision, dans l'intérêt de l'innocence? En vain l'on voudrait opposer l'indépendance de la Cour, sa souveraineté, la nature même des pouvoirs qui lui sont confiés, et la difficulté de se plaindre de la violation d'une disposition formelle de loi, pour interdire toute ouverture à la révision contre les arrêts émanés de la chambre des pairs; cette indépendance a été enchaînée, ce pouvoir arbitraire est soumis, de l'aveu même de la Cour, à l'autorité des principes qui, dans la législation ancienne et moderne, sont le plus en rapport avec l'équité naturelle et le droit commun. La chambre des pairs n'aurait pu secouer le joug de ces principes sans effrayer la société et sans menacer les citoyens par un pouvoir sans bornes. C'est à ce titre, et en plaçant la révision au nombre des principes dont la chambre des pairs n'a ni pu, ni voulu s'affranchir, que nous soutenons qu'elle est recevable.

La famille du maréchal Ney, en s'appuyant sur ces principes pour établir que sa demande en révision est admissible, ne fait que se renfermer dans le cercle tracé par la Cour des pairs elle-même. Et la famille du maréchal est d'autant plus fondée qu'elle ne veut que réclamer l'emploi du moyen préjudiciel et péremptoire, qui dispensera d'entrer dans le fond du procès, moyen enlevé à l'accusé, contre tous les principes de droit et d'équité que nous invoquons en sa faveur. Si, dans la discussion à laquelle nous allons nous livrer, nous citons souvent les actes du procès du maréchal, c'est que la demande en révision ne forme point un procès distinct; elle est, en quelque sorte, la continuation du procès de condamnation; liée étroitement avec lui, elle fait revivre les actes, les accusations, les défenses, les illégalités, tout, en un mot, reparaît pour recevoir un nouveau jugement, tout.... excepté la victime! mais elle est représentée par ceux qui auront, sans doute, l'avantage d'user des droits interdits violemment au maréchal. Et si, comme nous espérons le prouver, les principes invoqués par la chambre des pairs offrent une ouverture incontestable à la révision, les pairs eux-mêmes, nous n'en doutons pas, s'empresseront de le reconnaître et de donner aux motifs sur lesquels ils ont appuyé leur pouvoir, une occasion de recevoir le baptême de l'opinion publique.

Lorsque la Cour des pairs fut investie, par la Charte, du droit de juger les crimes de haute-trahison et les attentats contre la sûreté de l'état, elle se trouva tout à coup établie en France, sans rapport avec les institutions judiciaires déjà existantes, sans liaison avec les dispositions d'un Code d'instruction criminelle qui renfermait des principes et un mode de procédure, presque toujours inconciliables avec les pouvoirs confiés à la chambre des pairs, et avec l'indépendance d'une juridiction souveraine.

Cependant la chambre des pairs, pour laquelle la loi n'avait ni déterminé les poursuites, ni défini les crimes de sa compétence, n'hésita point, à la première occasion offerte par les événemens, de se saisir de son autorité, et de l'exercer jusque dans sa plus rigoureuse application.

Le procès du maréchal Ney fut soumis à la Cour des pairs; sans loi, sans une instruction constitutionnellement fixée, la Cour des pairs procéda au jugement de l'illustre accusé; règles, principes, décisions, tout fut arbitrairement déterminé. Ce qu'elle donna alors comme *exemple,* fut cité ensuite comme *précédent,* et plus tard comme *principe* (1).

Mais que de changemens, que d'incertitudes la chambre des pairs ne donna-t-elle pas en spectacle au pays, avant d'atteindre le maréchal Ney, empressé de chercher un refuge dans la loi !

A l'ouverture des débats, quand aucune loi n'avait fixé l'instruction criminelle, pour y suppléer, la Cour accepta une ordonnance qui assimilait les formes à observer dans le procès aux délibérations sur les projets de loi.

Cette forme privait l'accusé de la publicité des débats ; elle fut réclamée vivement comme un droit garanti par la Charte.

Deux jours après, une autre ordonnance, en consacrant la publicité des débats, attribua à la chambre des pairs les *fonctions* des *cours spéciales.*

Plus tard, on invoqua, comme règle sûre et légale, les principes du droit commun ; enfin, on affranchit la chambre de l'observation du

______

(1) *Moniteur* des 15 mars 1816 et 13 janvier 1821.

Code d'instruction criminelle, et on ne la sou‐
mit qu'à ses propres réglemens.

C'est-à-dire que la chambre des pairs, en
l'absence d'une loi, erra de variations en varia‐
tions, et tomba dans l'arbitraire.

Cependant, effrayée du précédent qu'elle
fondait pour elle-même, poursuivie comme du
remords d'agir sans l'autorisation formelle d'une
loi, la Cour des pairs, dans ce procès et dans
ceux qui le suivirent, voulut s'attacher à créer
une garantie, en faveur d'elle-même, contre
les reproches de l'opinion publique, et, en fa‐
veur des citoyens, contre ses propres envahis‐
semens, et elle s'appuya tour à tour,

1°. Sur les principes et les usages de la ju‐
risprudence ancienne;

2°. Sur le droit commun;

3°. Sur la nécessité de son organisation.

Premièrement, la Cour des pairs s'est appuyée
sur les principes et sur les usages de la législa‐
tion ancienne;

1°. Un arrêt fixa l'ouverture des débats du

procès du maréchal au 24 novembre 1815, après délibération sur les conclusions du procureur-général, qui tendaient à l'accusation, contre le maréchal, du crime de haute-trahison contre la sûreté intérieure et extérieure de l'état ; la Cour des pairs délibéra donc sur la condamnation avant que l'accusation eût été l'objet d'une instruction particulière, et qu'un arrêt fût intervenu sur la mise en accusation.

Ce mode de procéder fut évidemment emprunté à l'instruction criminelle pratiquée dans les anciens parlemens, et plusieurs pairs trouvèrent là une dérogation si formelle aux principes du droit commun, « qu'on essaya
» d'émettre l'avis de former, dans la Cour des
» pairs, une chambre des mises en accusation,
» comme notre législation actuelle l'établit dans
» les Cours royales ; je ne partage pas cette opi-
» nion, parce qu'elle porte sur un soupçon qui
» me semble ne pouvoir atteindre la Cour des
» pairs ; mais, de plus, elle est, *à mes yeux,*
» *entièrement écartée par ce qui se pratiquait*
» *dans notre ancienne jurisprudence* ». (Opi-
-nion de M. le comte Ferrand , *Moniteur* du

1er janvier 1821, séance du 18 décembre.)

Cette opinion, émise par un ancien magistrat, pair de France, dans une discussion où il s'agissait des règles à établir devant la chambre des pairs, règles parfaitement conformes au précédent suivi dans le procès du maréchal, justifiait, par *la pratique de l'ancienne jurisprudence*, ce qui avait déjà été observé par la Cour, et révélait ainsi le principe sur lequel elle s'était fondée.

2°. Un ministre observa que l'ordonnance de 1667 permettait aux parties de récuser les juges qui avaient ouvert leur avis hors du jugement de l'affaire; qu'à ce titre, les pairs de France, ministres du Roi, qui s'étaient portés accusateurs du maréchal Ney, ne pouvaient être juges, mais qu'ils devaient, aux termes *de l'art. 17 du titre XXIV de la même ordonnance, déclarer qu'ils se déportaient, et que l'article 18 voulait qu'ils ne pussent s'absenter qu'après cette déclaration acceptée.*

Les ministres ayant demandé acte de ce qu'ils se déportaient, le président, après avoir pris les ordres de l'assemblée, donna acte de cette déclaration, et les ministres n'opinèrent pas. (*Moniteur* du 24 novembre; séance du 13 novembre).

Voilà une disposition de l'ancienne législation invoquée par les ministres eux-mêmes, et appliquée à leur personne sur leur demande expresse. Ils reconnaissaient donc qu'en l'absence d'une loi organique, qui n'était point remplacée par les ordonnances dont ils étaient signataires, certains principes de l'ancienne législation pouvaient être invoqués, et devaient régler la conduite de la chambre des pairs.

Nous ne chercherons pas d'autres argumens tout à l'heure pour prouver que la demande en révision peut s'appuyer sur ces mêmes principes.

3°. L'ordonnance de 1669 interdisait aux parens, membres d'une même Cour souveraine, de voter ensemble dans la même affaire criminelle : la peine de l'infraction était la privation de l'office ou de la charge; et l'observation de cette ordonnance avait réglé, comme usage constamment suivi, que toutes les opinions des parens comptaient pour une seule. Ce principe et cet usage furent observés dans le procès du maréchal Ney, et la suppression de vote pour cause de parenté réduisit les voix de 139 à 123.

Il est vrai que les pairs demandèrent plus tard que la loi destinée à régler l'instruction criminelle devant la haute Cour, annulât la disposition de cette ordonnance. Mais cette observation rigoureuse d'une loi dont on sollicitait l'abrogation, était bien une preuve que l'on considérait comme applicable le principe contenu dans cette ordonnance.

Or, c'est aussi sur les principes de l'ancienne législation qu'on peut fonder la demande en révision.

4°. La confusion des pouvoirs du jury et des juges, donnant à la chambre des pairs une institution plus conforme aux parlemens anciens qu'aux tribunaux criminels créés par les lois nouvelles, les pairs devaient nécessairement se rapprocher, par la force des choses, des anciens usages et des procédés réglés par la jurisprudence antérieure au Code d'instruction criminelle.

Voici le témoignage d'un pair sur ce qui se passa dans la délibération du procès du maréchal : cet exemple a servi de *précédent* dans toutes les autres affaires.

M. Lally-Tolendal, dans un article inséré au *Moniteur* 1821 , s'exprime ainsi :

« Lorsque nous fermâmes les portes pour dé-
» libérer sur la douloureuse condamnation du
» maréchal Ney, je demandai la parole ; je
» voulais qu'on ne délibérât que sur la culpa-
» bilité, et que le président, ouvrant le livre
» de la loi, prononçât...... Le président s'y re-
» fusa.. Quelques pairs, qui devaient le savoir,
» expliquèrent à ceux de leurs collègues qui
» l'ignoraient, que dans *les anciennes cours de*
» *justice appelées souveraines*, avant de pronon-
» cer une condamnation, on faisait au moins
» deux tours de scrutin ; que les motifs établis
» par chaque juge, lorsqu'il émettait la sienne,
» en déterminaient d'autres à changer sur la
» culpabilité et sur la pénalité ; que , quand la
» majorité n'était pas acquise à un avis par
» le second tour d'opinions, on en faisait un
» troisième ; mais qu'alors on choisissait, parmi

» tous les avis divergens celui qui avait eu plus
» de voix, et qu'il ne restait plus aux juges
» qu'à se ranger de l'un ou de l'autre avis.......
» *De toutes parts les pairs manifestèrent le désir*
» *que les mêmes formes fussent suivies dans le*
» *jugement qu'ils allaient rendre.* Quelques-uns
» déclarèrent qu'ils se rangeaient à cet avis,
» *non parce que cet usage avait été suivi par les*
» *parlemens,* mais parce que, lorsque l'étrange
» définition des délits qu'offrait le Code ouvrait
» tant de voies à la délation et à la haine des
» partis, il était bon qu'un *tribunal suprême*
» *et sans appel opinât avec entière liberté sur le*
» *délit et sur la peine, et ne fût pas astreint à se*
» *conformer servilement aux dispositions du*
» *Code* »

Ainsi la majorité se prononce pour la forme
suivie dans les anciens parlemens, et la mino-
rité pour que les pairs fussent libres de ne pas
s'astreindre aux dispositions du Code. Les uns
et les autres observaient donc les lois anciennes,
les premiers dans la manière d'opiner, les autres
dans le pouvoir d'arbitrer les peines, usage
et droit des parlemens, dont la Cour s'empara

dans toute son étendue, comme nous l'établirons ci-après.

Autre exemple de l'application des lois anciennes.

5° La chambre des pairs arbitra sa compétence : *La définition légale des crimes* qui rentraient dans sa compétence n'existait point, et cependant elle s'attribua le droit de décider si les crimes dénoncés rentraient dans sa compétence.

Dans les discussions qui eurent lieu à l'occasion des propositions faites pour régler la procédure, l'absence de la loi et l'arbitrage souverain de la Cour furent également reconnus (1).

M. Bastard (*Moniteur* du 16 novembre 1821) disait : « qu'à *la chambre des pairs il appartenait de déclarer, dans tous les cas, si les crimes rentraient dans sa compétence.* »

M. Pastoret, dans son rapport (19 décembre 1821) sur la proposition de M. le comte Ferrand,

______

(1) *Moniteurs* des années 1815, 1820 et 1821, propositions pour provoquer une loi sur l'instruction criminelle devant la chambre des pairs, faites successivement par MM. Lally-Tolendal, Lanjuinais et Ferrand.

après avoir annoncé que, par son arrêt du 24 février 1821, la Cour avait déclaré qu'il lui appartenait d'apprécier les cas qui étaient de sa compétence, ajoutait ces mots : « *Loin de nous d'adopter des idées d'omnipotence.* » Mais les actes de la chambre démentaient ce vœu de l'honorable rapporteur, car M. Pastoret, en sollicitant une loi à venir, disait qu'après sa promulgation : « *Les pouvoirs que nous exerçons n'auront plus rien d'arbitraire, et nous le tiendrons de la loi même.* »

Jusques là, l'*arbitraire* existait donc ? Depuis, nul changement n'est intervenu.

Ce mode de procédure était conforme aux principes de l'ancienne jurisprudence suivis par les cours souveraines.

6° La chambre des pairs s'est attribué le droit d'arbitrer souverainement les peines, et, en fait, elle a agi conformément à cette doctrine.

La preuve de cette proposition, prise dans les différens procès, sera l'attestation la plus forte de ce que nous cherchons à établir : que la chambre des pairs s'est conformée souvent aux principes de la législation ancienne.

Depuis la fondation du régime constitution-
nel, où les limites du pouvoir législatif et judiciaire ont été clairement tracées, les tribunaux,
quelle que soit leur importance, n'ont tous été
chargés que de l'application de la loi. Rigoureuse
ou indulgente, la loi est exécutée et non modifiée
par les juges; elle a des ministres et non des
maîtres, des organes éclairés et non des inter-
prêtes investis du droit de la changer, et dès-
lors les peines et les châtimens ne sont infligés
aux citoyens que lorsqu'ils étaient écrits dans
nos Codes, et de la manière dont ces peines
étaient définies.

Jadis, au contraire, les parlemens avaient
reçu des lois et de l'usage le droit immense d'arbitrer les peines. Les ordonnances indiquaient
bien pour certains crimes et délits des peines
spéciales, mais les parlemens ne regardaient pas
moins comme une de leurs prérogatives le pouvoir d'appliquer la peine qu'ils jugeaient convenable (1) :

(1) « J'admire une chose en Cour, que pour être composée de
gens de sçavoir, intégrité et grande expérience, elle a tant gagné
sur les lois des empereurs, et ordonnances de nos Rois, qu'elle n'y

Entre l'ancien et le nouveau système pénal il y a donc une immense différence, un abîme comblé par des révolutions. Eh bien ! la chambre des pairs a choisi le premier : elle a arbitré les peines. Dans la plupart des condamnations émanées de cette Cour, on trouve une trace de cette liberté, trait de ressemblance avec les antiques institutions judiciaires, et de dissemblance avec les institutions nouvelles.

Citons de nouveau M. Lally-Tolendal (*Moniteur* du 4 décembre 1821.)

« En droit, avec l'état actuel de la législation » criminelle et le genre des procès envoyés à la » haute Cour des pairs, peut-elle arbitrer les » peines ?

» En fait, la haute Cour des pairs a-t-elle posé » en principe qu'elle devait avoir ce droit, et » a-t-elle jusqu'ici arbitré les peines dans tous » les procès qu'elle a jugés ? »

Ces deux questions sont résolues affirmative-

---

est subjecte ny astreinte, ains jugeant d'équité, modère la rigueur de la loy selon le temps, la matière et qualité des personnes. »

(PIERRE DE MIRAULMONT. — *De l'origine et établissement du parlement.* — Article *Parlement*, page 62).

ment par M. Lally-Tolendal, et il rapporte les faits suivans à l'appui de son opinion.

« Dans le procès du maréchal Ney, les voix
» recueillies sur la *culpabilité*, le président ouvrit
» le tour sur la *pénalité*... Trois avis s'ouvrirent :
» 1° la mort, suivant le Code pénal ; 2° la mort,
» suivant les lois militaires ; 3° la déportation.
» Le premier eut une voix, le second 142, le
» troisième 13... » M. Lally-Tolendal dit alors :
« Puisqu'*il est décidé que nous arbitrons les*
» *peines*, et puisque deux peines sont proposées,
» je prends et je prendrai toujours pour règle
» l'axiôme de droit, qui est en même temps un
» axiôme d'humanité, *in mitiorem partem incli-*
» *nandum :* je me range de l'avis de la dépor-
» tation.

» Cent trente-quatre opinèrent pour la mort
» *suivant les lois militaires, naturellement étran-*
» *gères à notre compétence.*

» Cependant les consciences étaient, sinon
» troublées, du moins inquiètes ; elles avaient
» besoin de fixité et de sécurité, entre les ordon-
» nances qui nous appelaient des Cours *spéciales*
» dont le nom seul était odieux ; d'autres, comme

» *les autres tribunaux*, formés d'élémens si diffé-
» rens des nôtres ; entre les articles qu'on pou-
» vait conserver dans le Code pénal, et ceux
» dont il devait être purgé ; entre les définitions
» futures des délits qu'on ne pouvait deviner, et
» les définitions futures qu'on ne pouvait to-
» lérer.

» Je proposai à la chambre de supplier le Roi
» de proposer une loi. *La chambre se sentit sou-*
» *lagée.* »

Dans la commission nommée en 1821 pour
examiner une proposition sur la procédure à
suivre devant la chambre des pairs, on avait
proposé le mode suivi dans les délibérations de
la Cour, et M. Lally s'écrie : « Je demande si ce
» n'est pas là la continuation du *précédent* posé
» dans le procès du maréchal Ney. On était dans
» le même état d'incertitude et de perplexité
» d'où l'on n'était jamais sorti, lorsque le troi-
» sième procès (celui du 19 août) a commencé.

» Ce que j'ai vu clairement en lisant cet arrêt,
» c'est que, malgré la réclamation de plusieurs
» pairs, dont je respecte les motifs et dont, avec
» un Code purgé, je suis prêt à soutenir les prin-

» cipes absolus pour l'application des peines, la
» Cour a encore, dans ce troisième procès, adopté
» le précédent et exercé *d'une manière plus il-*
» *limitée que jamais le droit qu'elle s'était cru*
» *d'arbitrer et de modérer les peines.* »

M. de Barante (*Moniteur* de 1821, pag. 1673)
a également défendu la proposition émise par
M. Lally-Tolendal, contre ceux des pairs qui
prétendaient soumettre la Cour à l'observation
rigoureuse du droit commun, et blâmaient les
dérogations au Code d'instruction criminelle.

« Tous les actes de la chambre sont une
» perpétuelle dérogation au droit commun,
» et l'on *est hors de sa sphère.* La seule compen-
» sation à *toutes les dérogations aux règles*
» *judiciaires*, est la faculté de ne point être
» lié, par celles seulement qui sont préjudi-
» ciables à l'accusé » (De Barante).

Certes, voilà un précédent bien authentique-
ment constaté : *en droit* et *en fait*, la chambre
des pairs s'est attribué l'arbitrage libre et souverain des peines. C'est là une dérogation mani-
feste au principe fondamental de notre législation criminelle, et une application irrécu-

sable des principes de la législation ancienne.

Ce droit d'arbitrer les peines, arme terrible dont se saisit la Cour des pairs dans la condamnation du maréchal Ney, a laissé peser un souvenir pénible sur les consciences des juges, comme une protestation vivante en faveur de la victime contre les principes invoqués alors.

Qu'on parcoure tous les procès jugés depuis 1815, les précédens du procès du maréchal se présentent toujours, mais pour modérer les peines; et M. de Lally-Tolendal n'eût pas plutôt proposé un moyen de substituer la loi à l'arbitraire, que la *Cour se sentit soulagée!*

La Cour des pairs, dans la conspiration du 19 août, arbitra la peine en faveur de Laverdy.

De même, dans le procès de Maziau, elle arbitra la peine, circonstance qui donna lieu à M. de Lally-Tolendal de développer ce principe.

Ces citations suffisent pour démontrer que la Cour des pairs a tour à tour invoqué l'ancienne jurisprudence pour régler l'instruction, les récusations, le mode d'opiner, la compétence et l'application des peines.

Secondement. *La chambre des pairs s'est appuyée sur les principes du droit commun.*

· La Cour des pairs a sans doute réglé diverses parties de son instruction criminelle d'après les principes du droit commun.

La publicité des débats, *la discussion orale, la confrontation publique des témoins, l'assistance d'un conseil,* base de l'instruction criminelle devant les tribunaux établis par le Code, étaient des principes dont la violation était devenue impossible. Ils étaient la conquête de la civilisation payée d'assez de combats et d'épreuves pour qu'une Cour, même souveraine, ne pût s'affranchir de leur application.

Ces principes furent reconnus et appliqués; mais, en se soumettant à ces principes, la Cour n'a jamais prétendu *s'astreindre servilement au Code*; c'était comme raison écrite, et non comme loi, que ces principes dominaient la conduite des pairs. La Cour des pairs commençait par déclarer qu'en l'absence d'une loi, elle devait se régler souverainement; et ensuite, les principes écrits dans le Code, elle les admettait ou les modifiait pour les accommoder à son pouvoir;

en définitive, elle se constituait leur arbitre souverain.

Si, pour nier ce fait résultant de tous les actes de la chambre des pairs, on disait que souvent, soit le ministère public, soit les membres de la chambre, invoquaient, comme source et règle de leurs droits, les ordonnances royales, ces ordonnances, dont le caractère inconstitutionnel fut établi par MM. Berryer père et Dupin, en tant qu'elles auraient usurpé l'autorité de la loi, ces ordonnances étaient pour les pairs un guide, un conseil et non une loi. Ils savaient, au besoin, ne pas s'y conformer (1).

Et si, cependant, des pairs ont affecté de rappeler ces ordonnances, c'est que des actes émanés d'un pouvoir étranger à la chambre des pairs étaient pour eux un soulagement à l'immense responsabilité dont ils étaient chargés ; c'est que, vivement pénétrés du danger de l'omnipotence, proclamée en fait et en droit, l'ombre

______

(1) Procès de la conspiration du 19 août L'ordonnance royale avait prescrit que le même arrêt déciderait sur l'accusation contre les accusés *présens* et *absens* La Cour, après délibération, ne voulut point s'y conformer.

même de la loi qui leur manquait, était invoquée avec empressement pour calmer le *trouble des consciences* (paroles de M. Lally-Tolendal). La chambre des pairs a, d'ailleurs, proclamé officiellement, par la bouche de son président, *qu'elle n'avait de règles que celles qu'elle s'était faites elle-même* (1).

Troisièmement. *La chambre des pairs s'est appuyée sur la nécessité de son organisation.*

La chambre des pairs s'attribua les fonctions du jury et des juges. La réunion de ces deux pouvoirs fut déterminée et motivée par la nécessité de son organisation. La chambre s'é-

(1) Dans la séance de la chambre des pairs, pour le procès du 19 août (*Moniteur*, page 688), M. de Valence, ayant demandé au président de faire assigner un agent de police, le président répondit : «J'en délibérerai; le pouvoir discrétionnaire du président est très-étendu, mais doit-il l'exercer seul. » —M. de Valence demande que la Cour délibérât. — Le président dit alors : « Tout est nouveau dans les formes de la Cour des pairs. A la Cour d'assises, un président refuserait les demandes qui lui sont adressées ; *mais comme nous n'avons ici de règles que celles que nous nous sommes faites*, je consens à suivre toujours les intentions de la Cour, et je vais en délibérer avec elle dans la chambre du conseil. » — La Cour délibéra, et s'en remit au pouvoir discrétionnaire du président.

carta des règles prescrites *par les lois existantes*, comme incompatibles avec son indépendance.

« Et voilà, certes, la plus forte violation du » droit commun, et qui indique qu'on est entiè- » rement hors de sa sphère » (Opinion de M. de Barante, *Moniteur* du 12 décembre 1821).

La chambre des pairs s'affranchit encore de toutes les formalités protectrices du Code d'instruction criminelle et des degrés que les procès doivent parcourir, suivant le vœu du législateur, avant d'arriver à leur terme, le jugement. Et cette décision fut motivée sur la *nécessité des choses*, sur l'essence de son organisation qui *faisait retrancher* et *disparaître des dispositions indispensables, devant tel autre tribunal* (Paroles du ministère public).

Cette manière de régler l'instruction des procès soumis à sa juridiction a toujours été suivie par la Cour des pairs. *La nécessité de son organisation* a servi de fondement à l'admission ou au rejet des formes de l'instruction criminelle qu'elle voulait adopter : voilà donc l'un des principes à l'aide desquels elle a suppléé à la loi.

Ainsi, tous ces principes, empruntés à la législation ancienne, aux principes du droit commun, ont servi à la chambre des pairs pour régler l'instruction, les récusations, les réductions de voix, le mode d'opiner, la compétence, l'arbitrage des peines : lois, ordonnances, usages, tout a été consulté, invoqué, appliqué avec certaines modifications, mais en proclamant sans cesse l'absence de la loi organique. Voilà comment la chambre des pairs a cherché un appui dans la jurisprudence ancienne et nouvelle. A son exemple, il nous sera donc permis d'y trouver un abri et d'invoquer, en faveur de la révision, les principes féconds qu'elle recèle dans son sein.

Voilà des documens tirés des actes de la Cour des pairs.

Ce n'est point ici l'apologie de sa marche : c'est son histoire.

L'étude de sa jurisprudence pouvait seule porter la lumière sur les précédens et sur les principes de la chambre des pairs.

L'intention qui ressort de tous ces actes, c'est qu'en l'absence bien constatée d'une loi organique sur l'instruction, sur la compétence, sur l'application des peines, la Cour cherchant un appui et même une sorte de justification à son pouvoir arbitraire, a reconnu qu'elle était dominée par les *principes de la législation ancienne, par le droit commun, par la nécessité de son organisation.*

La conséquence la plus simple, la plus naturelle, la plus impérieuse, est donc que la même latitude appartient aux accusés ; et que ces principes, appliqués contre eux, peuvent être invoqués en leur faveur.

Il faut que justice soit rendue, disait le ministère public en poursuivant le maréchal ; il faut que *justice soit rendue*, disent avec plus de raison les demandeurs en révision de l'arrêt. Les principes invoqués, appliqués pour envoyer à la mort l'illustre accusé ne pourraient-ils plus l'être pour venger sa mémoire ? On voulait une victime, elle fut accordée ; nous voulons une réparation, sera-t-elle refusée ?

Toute la question se réduit à ces termes : La

chambre des pairs, dépourvue d'une loi qui réglât son instruction criminelle, y a suppléé par une application arbitraire des principes anciens et nouveaux; elle est dépourvue d'une disposition légale sur la révision : doit-elle y suppléer en puisant aux mêmes sources?

L'affirmative nous paraît hors de doute; car, ou la chambre était liée d'abord par le défaut d'une loi organique, et son arrêt rendu au mépris des principes les plus sacrés devrait être biffé sur-le-champ des archives de la Cour, comme œuvre d'arbitraire *de soi calomniable*, et sans qu'il fût besoin de l'intervention de la justice; ou la chambre des pairs n'était pas liée par le défaut de loi, et, dès-lors, la famille est en droit d'invoquer, à son tour, les principes à l'aide desquels les pairs ont procédé; donc, elle est en droit de motiver la révision 1° sur les principes et usages de la jurisprudence ancienne; 2° sur le droit commun; 3° sur la nécessité de son organisation.

La révision est-elle un de ces principes que la chambre des pairs ne pourrait méconnaître sans donner à son pouvoir arbitraire un caractère trop odieux? ce principe, par la place qu'il occupe dans la législation ancienne et la législation nouvelle, est-il un de ceux qui, en l'absence d'une loi organique sur l'instruction criminelle, doit être consacrée par la Cour? Consultons les autorités: « L'erreur est le partage » de l'humanité.... L'équité naturelle veut qu'il » y ait toujours une ressource en faveur de l'in- » nocent, contre une condamnation injuste qu'il » aurait essuyée. » Voilà le principe sur lequel est fondée la règle de révision (Jousse, *Inst. cr.*, t. 2, p. 772).

« La faveur de l'innocence exige toujours qu'un » jugement injuste qui a fait perdre la vie où » l'honneur à un citoyen, soit rétabli. » (Jousse, *id*) (1).

(1) « Il faudrait que l'humanité cessât d'être sujette à l'erreur, » pour que la voie de révision cessât d'être ouverte en matière » criminelle, surtout dans les accusations politiques » (M. Dupin, *G. des T.*, 22 novembre 1831).

« S'il était accordé à l'homme de n'errer jamais, si la perfection » de son intelligence lui permettait de déchirer le voile derrière le- » quel la vérité demeure si souvent cachée.... l'infaillibilité de ses » jugemens pourrait être efficace ; mais que sommes nous? à » peine lorsque notre âme se répand au dehors, peut elle distin- » guer les objets matériels qui la frappent! Nous consommons » notre vie à passer d'une erreur à l'autre ?... En refusant les

Ce principe d'équité naturelle a toujours eu place dans la législation française.

Les progrès des lois, les changemens survenus dans les institutions judiciaires, les considérations empruntées à la forme politique du gouvernement, ont modifié les formalités qui réglaient le bienfait de la révision ; mais le principe en lui-même a triomphé des révolutions. « *Les lois fondamentales changent*; *le droit a ses* « *époques* »; (1) et cependant la *révision* fondée sur l'équité naturelle, après avoir une seule fois disparu, est rentrée dans nos lois par la force de la nécessité.

Sans remonter aux temps plus reculés où nous trouverions les traces de ce principe dans les Établissemens de Saint-Louis, après l'ordonnance de 1092, qui rendit le parlement sédentaire, le parlement reconnut qu'investi du droit de juger en dernier ressort, il pourrait réviser des arrêts dont la justice exigerait l'annulation; et

» moyens de réparer les erreurs, ce serait supposer le don précieux
» de ne pas se tromper (M. Bérenger , *De la justice criminelle*,
» page 508).
(1) Pascal.

il admit les *lettres de grâces, de dire contre les arrêts* : ces lettres étaient adressées au parlement; le Roi allait présider lui-même, et, sous ses yeux, la Cour réformait ses propres arrêts.

En 1320, ces lettres prirent le titre de *propositions d'erreur*, et une ordonnance de 1344, article 9, déclara expressément, que le parlement seul avait le droit de rectifier ses arrêts : *Nec errores per parlamentum, non alibi corrigantur.*

Vers la fin du XIVe siècle, les rois avaient abandonné l'usage de présider eux-mêmes les affaires où l'on discutait les demandes en révision, et cependant le droit d'attaquer pour *erreur*, subsista toujours. On obtenait alors des lettres particulières du Roi pour abolir l'effet des confiscations; mais les demandeurs en révision avaient le droit de se présenter devant le parlement, en vertu des lettres du Roi, pour être admis à faire juger la révision et la justification (Voir ci-après les affaires de Jacques Cœur et Antoine de Chabannes).

Depuis la fin du XVe siècle jusqu'à l'ordonnance de Blois, on admit les erreurs de fait, et la forme de procéder fut réglée par plusieurs ordonnances.

Celle de Louis XI, de 1474, portait : « Il est « loisible de proposer erreur contre les arrêts de « la Cour, en toute matière. »

En 1479, la révision fut admise sur le seul fondement du mal jugé (Jousse).

Alors s'introduisit l'usage des lettres pour être reçu à alléguer nullités et griefs contre les arrêts, et les parties qui présentaient leurs griefs, non seulement avaient le droit de faire réviser l'arrêt, mais de se justifier devant le même parlement; deux demandes distinctes, et qui, cependant, étaient soumises à la même Cour. (Ci-après, affaire de l'amiral Chabot.)

Mais l'ordonnance de 1545 voulut que les propositions d'erreur fussent présentées au conseil, et que le parlement demeurât toujours juge des erreurs de fait.

Enfin l'ordonnance de Blois réduisit les voies ouvertes contre les arrêts à trois : *requête civile*, *proposition d'erreur*, *cassation*, et porta que les mêmes juges qui avaient rendu le premier arrêt assisteraient au jugement et qu'on en appellerait d'autres à la place de ceux qui seraient malades ou décédés ; qu'en outre il y en assisterait le double et même deux de plus, laissant à la discrétion du parlement d'en augmenter le nombre.

En 1767, les propositions d'erreur furent supprimées ; cependant, à l'aide des lettres en forme de requête civile, on eut encore le moyen de faire réviser les jugemens et arrêts.

Une ordonnance de 1670 régla les formalités à suivre pour la révision ; les lettres de révision étaient délibérées en conseil ; elles renvoyaient l'arrêt attaqué devant la Cour qui l'avait rendu ou devant une autre Cour s'il y avait une cause de suspicion légitime.

Dans cette longue période, le droit de révision reçut des applications fréquentes.

Les accusations portées contre de grands fonctionnaires, et empreintes la plupart des passions politiques de l'époque qui les vit naître, ont laissé des traces que nous recueillerons bientôt. Suivons l'analyse historique de la révision en France.

L'assemblée constituante après l'admission

du jury, regarda la révision comme incompatible avec cette nouvelle institution.

Une loi transitoire du 10 août 1792 chargea la Cour de cassation de vider les demandes en révision non encore jugées. Ainsi ce fut la nature de la nouvelle juridiction introduite en France qui motiva la suppression d'un principe, aussi équitable et aussi ancien que la révision.

Cependant on avait encore conservé *la réhabilitation*. Dès l'année suivante, l'insuffisance de cette réparation se manifesta, et, par la loi du 13 mai 1793 on admit la révision pour le cas de deux arrêts inconciliables.

Le Code de brumaire an IV ne contenait aucune disposition sur la révision; et, par l'article 594, toutes les lois antérieures étaient abrogées. Cependant, par arrêt du 9 vendémiaire an IX, la Cour de cassation déclara que la loi du 13 mai n'était pas comprise dans cette abrogation. La sagesse de la Cour sauva le principe de ce naufrage.

Le droit de grâce sous l'empire fut accordé au chef du gouvernement par l'article 86 de la constitution.

Enfin le Code d'instruction criminelle définit trois cas dans lesquels le droit de révision est absolu.

1°. Lorsqu'un accusé a été condamné pour un crime, et qu'un autre accusé a été aussi condamné par un autre arrêt, comme auteur du même crime, si les deux arrêts ne peuvent se concilier, et sont la preuve de l'innocence de l'un ou de l'autre des condamnés. (Art. 443.)

2°. Lorsqu'après une condamnation prononcée pour homicide, il y a preuve, ou seulement des indices suffisans, que la personne prétendue homicidée existe encore. (Art. 445.)

3°. Lorsque la condamnation a eu lieu sur faux témoignages dûment constatés. (Art. 446.)

Le principe de la révision fut restreint à ces trois cas seulement, à cause de l'institution du jury ; ainsi, la même considération qui avait déterminé la suppression de la révision, influa sur les restrictions imposées lors de son rétablissement.

Tel est le résumé historique de toute la législation sur la révision, et l'on saisit aisément la différence des lois anciennes et des lois nouvelles sur ce principe. Largement admise autrefois, lorsque les institutions judiciaires n'avaient point reçu le caractère populaire et protecteur du jury, la révision n'avait pour limite que l'impossibilité d'attaquer le bien jugé. De nos jours, au contraire, la révision, entrée de vive force dans nos lois en même temps que le jury, a été restreinte à des cas bien peu nombreux, à cause des bienfaits de cette institution.

Tel était l'état de la législation à l'époque où la Charte créa la chambre des pairs. Chargée d'une *juridiction qui n'avait aucun rapport avec les lois existantes* (1), cette juridiction n'a subi aucun changement.

Or, ce principe de la révision, qui a traversé les siècles, qui a reparu sous l'empire de l'institution du jury, avec lequel il avait été déclaré incompatible, peut-il être rejeté par la chambre des pairs? L'équité naturelle qui lui sert de fondement, et qui l'a protégé contre les révolutions du droit, sera-t-elle méconnue par les pairs? Quelles que soient les lumières et les intentions de cette Cour souveraine, oserait-elle s'affranchir

(1) M. de Barante (*Moniteur* de 1821).

d'une règle salutaire dont l'expérience des siècles a prouvé la sagesse et la nécessité ? Les pairs penseraient-ils être à l'abri de tout entraînement politique et de ces erreurs que le temps signale et *dont la gravité impose à la justice le soin de défendre l'honneur de ses jugemens* (1). Rien ne justifierait une prétention aussi élevée ; en se déclarant incapable d'errer, ou assez puissante pour ne pas vouloir reconnaître une erreur, la Cour des pairs se mettrait en opposition avec toutes les leçons de l'histoire et les monumens de la législation. *L'erreur s'empare des compagnies comme des individus* (2).

La révision est un de ces principes qui doit diminuer le pouvoir arbitraire de la chambre des pairs, et il a droit à une haute approbation.

Mais comment se réglera-t-elle en l'absence d'une loi organique ? quelle disposition prendra-t-elle pour guide ? Ce ne sera point uniquement par les dispositions du Code, quoique leur texte, bien interprêté, fût favorable et suffit à la famille Ney : « La révision n'a été appli-

(1) Lally-Tolendal (*Mémoire pour la révision.*)
(2) M. Dupin.

» quée à un petit nombre de cas, que parce
» que on aurait craint d'attaquer la base sur
» laquelle repose la procédure criminelle, l'ins-
» titution du jury. » (M. Berlier, Exposé des
» motifs.) Et, on l'a déjà dit : « *Le jury est*
» *étranger à la Cour des pairs; les lois existantes*
» *n'ont aucun rapport avec sa juridiction.*

Ce ne sera donc qu'en suivant, pour la révision les règles que la *chambre s'est faites à elle-*
même, c'est-à-dire en se conformant 1° *aux prin-*
cipes et usages de la jurisprudence ancienne;
2° *aux principes du droit commun;* 3° *aux néces-*
sités de son organisation.

Premièrement. *La demande en révision est re-*
cevable suivant les principes et usages de la
législation ancienne.

Voici comment s'exprime Jousse (1) : « Quoique
» l'erreur de fait soit le moyen principal de
» révision, il ne faut pas croire que ce soit l'u-
» nique qui puisse être] employé en faveur des
» condamnés. La faveur de l'innocence exige
» toujours qu'un jugement injuste qui a fait
» perdre la vie ou l'honneur à un citoyen, soit

(1) *Inst. crim.*; t. 2, p. 312 et suiv.

» rétabli, soit que l'injustice du jugement
» vienne des juges mêmes... soit que l'une d'elle
» ait été mal défendue... soit que l'autre ait
» usé de dol et de fraude.

» On opposera que si l'on pouvait revenir par
» cette voie de révision, contre un jugement en
» dernier ressort, ce serait éterniser les contesta-
» tions. Mais, malgré cette raison, il paraît qu'on
» doit admettre dans la révision toutes sortes de
» moyens de mal jugé. L'ancienne pratique de
» la révision, la signification du mot même,
» *révision*, le désir qu'on doit avoir de recou-
» vrer l'innocence, tout concourt à donner toute
» l'étendue possible à la révision, à autoriser un
» condamné ou ses héritiers à faire connaître
» qu'il est innocent. D'ailleurs, revoir un procès
» vu et jugé, ce n'est pas traiter le juge comme
» juge sujet à l'appel : si on lui renvoie cette
» révision à lui-même, ainsi qu'il est porté
» par l'art. 9 du titre XVI de l'ordonnance de
» 1770, *c'est appeler du juge mal informé au*
» *juge mieux informé.*

» Cette règle est fondée sur l'équité naturelle
» qui veut qu'il y ait toujours *une ressource en*

» *faveur de l'innocence,* contre une condamna-
» tion injuste qu'il aurait essuyée... il suffit que
» le jugement puisse être reconnu injuste de quel-
» que manière que ce soit pour donner lieu à la
» révision, et quand il s'agit de faire triompher
» l'innocence, on doit mettre tout en usage.

» Lorsque les propositions d'erreur étaient
» admises (elles ont été remplacées par les lettres
» de révision), on pouvait se pourvoir contre les
» jugemens, parce que les juges *avaient jugé sur*
» *des charges qui les avaient induits en erreur*
» (Jousse, *idem*). »

Voilà le sens et l'esprit de la législation ancienne avec ses principes larges et généreux hautement expliqués; voilà la source féconde à laquelle il doit être permis de puiser, suivant l'exemple donné par la Cour des pairs.

Le principe de la révision, fondé sur l'*équité naturelle,* l'emportait toujours sur l'*irrévocabilité de la chose jugée*; car la justice cesse où l'erreur commence. Mais le principe une fois reconnu, la procédure, destinée à en régler l'exercice, était fixée par des dispositions particulières qui, toutes, concouraient à en assurer l'exécution, et jamais à l'entraver ; car la révision n'eut jamais d'autre limite que l'impossibilité d'attaquer le bien jugé.

Si l'accusé avait été mal défendu, c'est-à-dire si la défense n'avait pas été libre ;

Si les juges avaient jugé sur des charges qui les avaient induits en erreur ;

Alors la révision était *rigoureusement fondée.*

Lorsque la chambre des pairs a invoqué et appliqué les principes de l'ancienne législation, nous ne pouvons concevoir comment elle s'interdirait l'application de celui-ci. L'humanité serait-elle seule sans influence pour déterminer un emprunt à nos aïeux, surtout lorsque c'est pour donner à notre siècle des exemples d'une législation aussi morale que protectrice ?

Si le principe de la révision était rejeté par la chambre, sous le prétexte même de son origine, quelle serait la justification des choix déjà faits dans les principes anciens, et de l'application exacte et rigoureuse de cette jurisprudence ?

Si la faveur décidait entre les uns et les autres, nul doute que ce dernier ne dût obtenir une préférence approuvée par l'équité naturelle ; et cependant nous ne réclamons que l'égalité.

Parmi les procès célèbres auxquels les principes de la législation ancienne ont été appliqués, nous citerons ceux qui nous paraîtront faire ressortir le mieux les principes invoqués dans ce mémoire.

— Jacques Cœur avait été arrêté, par ordre du Roi, en 1451, et on procéda contre lui aux informations les plus rigoureuses. Il demanda un conseil : on le lui refusa. L'arrêt du 19 mai 1453, rendu par le conseil du Roi, le condamna, pour crime de concussion et lèze-majesté, au bannissement et à 400,000 écus d'amende.

Cet arrêt fut enregistré, le 5 août 1453, au parlement de Toulouse. On avait fait assister le Roi à l'arrêt, afin d'enlever au condamné la la voie de la révision. Mais les fils de Jacques Cœur s'empressèrent de demander, à Paris, une consultation, pour établir que l'arrêt était *de soi calomniable*, et, dans leur Mémoire, ils insérèrent une note servant à la justification du condamné, pour dire qu'on avait chargé les confessions, *au détriment de l'accusé comme aucuns commissaires en déposèrent*, (Rég. du parlement, f° 158, ad. 160, v°), et qu'on lui avait refusé un conseil.

Le 5 août 1457, le Roi rendit à deux fils de Jacques Cœur les maisons de Bourges et autres biens, à la charge, par les frères et sœurs, *de renoncer à tous les biens qui furent dudit Cœur.*

2 septembre 1457, cette renonciation fut enregistrée.

Ces biens étaient les seuls qui subsistaient, les autres ayant été partagés entre les courtisans.

Et cette restitution fut complétée par des lettres du Roi, du mois d'août 1463, dans lesquelles le Roi, vu « que les ennemis de Cœur » avaient demandé le don de sa confiscation, » notamment Chabannes; après la condamna- » tion de ce dernier, le Roi accorde les terres » qui avaient appartenu à Jacques Cœur, à » son fils Geoffroy ».

La demande en restitution des biens ne faisait point obstacle à la révision de l'arrêt.

Après la mort de Charles VIII, les fils de Cœur obtinrent de Louis XI la permission d'attaquer l'arrêt.

Le 20 mai 1462, la cause fut plaidée : le procureur du Roi opposa, comme fin de non-recevoir, « *presentia principis supplebat omnes* » *defectus.* »

Mais telle était la faveur de la révision, qu'on passa outre sur l'observation du fils, que le Roi n'avait pas assisté à toutes les audiences.

Le 4 août 1462, les fils de Jacques Cœur obtinrent des lettres *pour, s'il apparaissait des nullités, ils pussent plaider contre l'arrêt.*

La cause fut plaidée le même jour.

Et, le 19 novembre 1463, Jacques Cœur obtint des lettres pour justifier son père, qui furent présentées au parlement.

Dans cet exemple, on voit tout à la fois la distinction de ce qui concernait les biens, et la condamnation ; et de plus la preuve que la révision et la justification étaient portées devant le même parlement.

—Antoine de Chabannes, comte de Dammartin, fut condamné par le parlement de Paris, pour crime de lèze-majesté. La peine capitale fut réduite au bannissement par le Roi qui avait déposé dans le procès (quatre présidens et trente-un conseillers assistèrent à l'arrêt). Le jour de la condamnation, le comte de Dammartin se pourvut en révision contre l'arrêt. Le grief principal était la suppression de la déposition d'un sieur Dresnay qui *allait à sa décharge*. Par lettres-patentes, il fut admis à faire casser l'arrêt et à se justifier. Ces lettres furent présentées au parlement qui avait rendu l'arrêt du 2 juillet 1478. Le Roi disait dans ses lettres que jusque-là il n'aurait pas *la conscience déchargée* (page 203, tome 33, *Table raisonnée des réglemens du parlement*, de M. Lenain).

Le procureur général ne s'opposa pas à l'entérinement de ces lettres. Après le récolement de la déposition, celle-ci ayant été reconnue différente de celle qui avait été émise, le parlement, par arrêt du 12 août 1468, annula le précédent arrêt à cause du récolement de la déposition, et reçut Dammartin à proposer sa justification.

Le comte de Dammartin présenta requête à cet effet le 13 août 1468. Arrêt du même parlement qui mit le comte *hors procès et le déclara absous*.

Dans cet exemple, on voit le même parlement

d'où émanait la condamnation juger la demande *en révision* et en *justification*.

— L'amiral Chabot avait été condamné par des commissaires le 8 février 1540. Le Roi, par lettres-patentes du 12 mars, le rétablit *en bonne fame et renommée*.

Le 29 mars 1541, par d'autres lettres, le Roi abolit « toutes les peines, privations, confis- » cations, amendes à lui adjugées et contenues » èsdits procès, avis et jugement, quelques *grééfs* » que soient lesdits, sans que ledit amiral soit. » tenu en demande et restitution (1). »

28 janvier 1541, Mᵉ Jean Caltel, maître des re- quêtes, remit au greffe du parlement le procès criminel de l'amiral, alors la veuve Chabot, sollicita des lettres du Roi, pour être admise à obtenir la révision pour cause de nullité; le 6 avril 1543, elle donna ses moyens, et l'arrêt fut cassé. De plus, elle fut autorisée à poursui- vre le chancelier Poyet qui avait falsifié quel- ques pièces de la procédure.

(1) Lettres enregistrées au Parlement, 5 avril 1541. Reg. du P. T. 223, fᵒ 69, vᵒ 70.

— Le maréchal Oudard de Retz et le seigneur de Vervins, son gendre, ayant été accusés par de faux témoins d'avoir reçu de l'argent du roi d'Angleterre, furent condamnés, par des commissaires, à avoir la tête tranchée (les 21 juin 1547 et 3 août 1551). Vervins fut exécuté; le maréchal obtint commutation de peine. Le faux témoignage ayant été découvert, Jacques de Coucy, fils de Vervins, obtint, en 1575, des lettres d'abolition de la procédure et de l'arrêt (1).

— Jean de Montagu (1409) fut condamné à mort. Trois ans après, son fils Jean obtint sa réhabilitation, le Roi ayant dit : « Que ce jugement avait été soudain et mal fait, venant » de haine et de volonté plus que de raison (Juvénal des Ursins). »

Le maréchal de Marillac, condamné en 1632, fut réhabilité par le parlement.

Le comte de Lally-Tolendal, ayant été con-

---

(1) « Par ces présentes, les rétablissons et remettons en leurs pristine dignité et entière noblesse, comme si les choses n'étaient pas avenues. (*Lettres du Roi*).

damné en 1766, un arrêt du conseil de 1777 cassa l'arrêt de condamnation.

Dans tous ces exemples, on voit que les griefs les plus ordinaires de la révision étaient *les entraves données à la défense, et la suppression des pièces à décharge*; on voit l'arrêt révisé souvent par le parlement qui avait rendu la condamnation; la demande en restitution des biens indépendantes du procès criminel; la révision et l'annulation déférées quelquefois au même parlement.

Ces principes et ces usages peuvent parfaitement être invoqués aujourd'hui par la famille du maréchal Ney. Au fond, sa demande en annulation porte sur la suppression violente d'un acte qui déchargeait l'accusé, et sur ce que la défense n'a pas été libre.

Or, puisqu'il y avait des parlemens qui jugeaient la révision et la justification, la Cour des pairs peut bien imiter ces exemples pour faire l'application du principe équitable de la révision.

Vainement on voudrait prétendre que la Cour des pairs ne devrait avoir qu'à annuler un arrêt déjà cassé par un autre tribunal, s'il en existait d'assez élevés dans la hiérarchie des pouvoirs pour agir de la sorte ; que c'était ce qui se pratiquait dans le dernier état de la jurisprudence ancienne, puisque le conseil cassait les arrêts avant de les renvoyer aux parlemens.

Nous prouverons que l'*organisation* de la Cour permet que ces deux demandes soient réunies.

Il est un autre exemple mémorable : la révision du procès de Jeanne d'Arc ; il n'appartient pas à la jurisprudence de parlemens, quoique Jousse le cite parmi les exemples anciens. Le Roi Charles VII avait donné des lettres pour procéder à la révision du procès, voulant s'associer, autant que faire se pouvait, à un acte solennel de réparation, quoique la condamnation ne fût point émanée des tribunaux laïcs.

Charles VII, s'étant rendu maître de Rouen le 10 décembre 1449, songea aussitôt à la réhabilitation de Jeanne d'Arc ; il ordonna des enquêtes ; il fit remettre, à son commissaire, les écritures du procès. Cette fille courageuse qui,

pour avoir servi la France, avait mérité la haine
de l'Anglais, fut victime d'un détournement de
pièces qui étaient à sa décharge; un sieur Manchon, de Rouen, avait été chargé de procéder,
à Domrémy, à une enquête sur la vie et les
mœurs de Jehanne d'Arc. Dans un procès où
il s'agissait d'examiner la foi d'une fille de
dix-neuf ans, cette enquête était très-impor-
tante; elle fut entièrement à l'avantage de
Jeanne d'Arc; mais, dans le procès, les juges la
supprimèrent; comme Manchon réclamait
contre ce détournement odieux, et contre les
irrégularités du procès : « On voit bien duquel
» pied il cloche, répondit l'évêque de Beauvais,
» président du tribunal; mais, par Saint-Jean,
» nous n'en ferons rien; nous continuerons
» notre procès comme il est commencé. » Alors
Manchon déclara : « Il me semble que vous
» procédez plus par haine qu'autrement; et,
» pour cette cause, je ne me tiendrai plus ici,
» car je n'y veuille plus être. » Un tribunal
ecclésiastique ayant condamné Jeanne, un tribunal ecclésiastique était nécessaire pour la révision. Le pape Nicolas V, à qui le Roi de

France s'adressa, évita de prononcer : « Dans
» la crainte de déplaire aux Anglais ; le Roi se
» décida alors à faire agir les parens de Jeanne
» d'Arc ; ne pouvant seul venger la France de
» l'insulte des étrangers, il plaça l'honneur
» national sous la protection des droits de la
» famille. Calixte III, moins timide que Nicolas,
» ordonna la révision, » et l'arrêt de justification fut rendu le 7 juillet 1456 (1).

(1) Arrêt du 7 juillet 1456.—«Notre sauveur et rédempteur Jé
» sus, Dieu et homme par l'éternelle majesté et providence, institua et
» ordonna Saint-Pierre et les apôtres, pour regarder principalement
» la vérité, pour remontrer à tous vrais viateurs les sentiers de
» justice et équité, pour redresser les dévoyés,..., et réduire à la
» droite voie.... Attendu et vu leurs conclusions, qui toutes pré-
» tendent conclure toutes fallace, dollosité, fraude, iniquité,
» faites et commises touchant au procès, faites et attemptées contre
» Jehanne la Pucelle ; afin que notre sentence procède de la vé-
» rité. Vu le faux jugement que l'on donne contre Jehanne, et la
» manière de y procéder, qui n'a pas été raisonnable, mais tota-
» lement capricieuse, fraudulante et détestable.....; à ces causes,
» ainsi que justice le requiert.... Vu les malveillances et adversai-
» res d'icelles, lesquelles ont prétendu extraire de sa confession,
» non pas la vérité, mais la falcité en plusieurs passages du pro
» cès ; lesquelles eussent pu émouvoir et incliner le cœur et l'opi-
» nion des consuls et avocats, en autres et plus saines délibéra
» tions, et à rejeter plusieurs circonstances et allégations qui ne
» sont pas contenues en son procès, selon la vérité et justice,
» mais seulement en termes de rigueur ; lesquels changent la subs-

Ainsi, dans la juridiction ecclésiastique comme dans les tribunaux civils, mêmes principes, même jurisprudence : révision admise pour les mêmes motifs (1).

» tance de toute la vérité du procès ; par quoi, nous cassons, an—
» nulons et annihilons ces articles...., et déclarons ce jugement
» qu'il convient les lacérer, déchirer et mettre au feu.... Déclarons
» que ledit procès et sentence pleins de fraude, cavillations, iniquité
» et du tout répugnans, à droit de justice.... Sentence donnée, lue
» et publiée par l'évêque du Mans, Hector Coquerel, *Nicolas*
» *Dubois, et autres* ».

(Tiré du manuscrit de MM. de Rohan et Soubise, folio 123, verso.   Cette même sentence, est en latin dans le manuscrit de la bibliothèque royale, intitulé : « Justification de Jehanne. »)

Une procédure longue et complète fut instruite, on entendit cent quarante quatre témoins, la requête en révision fut envoyée à tous les docteurs et avocats. On appela pour assister les juges, quatre ecclésiastiques, et sept avocats jurés de Rouen. Parmi les premiers, étaient *Nicolas Dubois*, le seul des juges de Jeanne qui fût vivant, et il vota pour l'annulation du jugement; parmi les douze griefs contre la condamnation, les quatrième et sixième étaient, *quatrième, que Jeanne n'avait pas été défendue;* *sixième, qu'on avait soustrait des informations, et que le procès n'avait pas été complet sous les yeux des juges.*

(1) L'histoire présente un exemple, non pas de la révision, mais du soin que l'on prenait à la réparation de l'injustice. Après l'assassinat du duc d'Orléans, le duc de Bourgogne osa, devant la chambre des pairs et le conseil du Roi, accuser sa victime et se justifier. Ce plaidoyer fut confié aux soins de Pierre Petit, cordelier.

La duchesse d'Orléans et ses fils, qui n'avaient pu obtenir d'abord

Nous savons que beaucoup de ces exemples ne peuvent avoir un rapport direct avec nos institutions judiciaires; mais la plupart, et surtout ceux qui indiquent les principes suivis par les Cours souveraines, doivent, à défaut de la loi, avoir une autorité puissante. *Exempla in consilium adhibentur non utique jubent aut imperant, igitur ita regantur, ut autoritas præteriti temporis flectatur ad usum præsentis.*

justice du conseil du Roi, se présenta devant le dauphin pour venger son mari.

Une assemblée fut tenue dans la grand' salle du Louvre, assemblée de princes, prélats, en parlement, et de nombreux bourgeois. La justification du duc de Bourgogne fut présentée; après la lecture du discours, tous les assistans déclarèrent qu'il ne contenait que vérité, et chacun se mit à dire hautement « que jamais il ne se » commettrait dans le royaume une plus grande faute que de ne » point faire justice..... » Aussitôt le chancelier de France enjoignit à l'avocat de la duchesse d'Orléans de prendre ses conclusions ; il commença sa plaidoirie et prit pour texte ces paroles de l'Ecriture : « Il y avait une veuve, et quand Notre Seigneur la vit, il fut ému » de miséricorde pour elle. » *Il encouragea le conseil du Roi à agir visiblement et à ne pas craindre les dangers dont le menaçait l'adverse partie.*

L'arrêt fut rendu qui : « Après avoir entendu la justification du » duc d'Orléans, déclara qu'il ne restait aucun doute contre l'hon- » neur de sa mémoire, et le tenait pour innocent de tout ce qui » avait été avancé contre sa réputation. »

Atque de informatione ab exemplis, ubi lex deficit, hæc dicta sunt (BACON.) (1).

SECONDEMENT. *La demande en révision est recevable suivant les principes du droit commun.*

La chambre des pairs n'a invoqué le droit commun, comme nous l'avons établi, qu'en s'affranchissant de la servile application du Code d'instruction criminelle.

Or, le principe de la révision est dans le droit commun modifié, réglé suivant les exigences de l'institution du jury. Ce principe, pour être admis dans le Code, a été soumis à tant de restrictions, à des formalités si rigoureuses, qu'un de nos criminalistes les plus éclairés n'a pu s'empêcher de blâmer la sévérité du législateur.

« Trajan avait dit : Il vaut mieux absoudre un
» coupable que de punir un innocent. Nous
» faisons le contraire de ce précepte ; nous com-
» mençons par le condamner, et, après avoir
» puni, nous ne voulons pas même vérifier si la

----

(1) *Traduction.* « Les exemples sont des conseils et non des lois;
» qu'ils servent donc de guide, mais de manière que l'autorité du
» passé *se plie à l'utilité présente.* — Soit dit pour que l'on sa
» che le parti qu'*on peut tirer des exemples, à défaut de loi.*

» punition était juste. » (M. Bérenger, *Justice criminelle*, p. 508.)

Mais toutes ces restrictions, toutes ces formalités introduites dans la loi pour éviter *les débats judiciaires qui offraient plus d'inconvénient que d'avantage* (Berlier), n'ont été établies que parce que le jury formait le principe fondamental de notre institution criminelle.

Mais la chambre des pairs, qui n'est pas une juridiction fondée sur le jury, ne doit point s'astreindre servilement à l'observation de ces conditions rigoureuses. La révision doit être adoptée par la Cour des pairs, puisque c'est un principe du droit commun ; mais les formalités, les conditions rigoureuses doivent être rejetées par la Cour, puisqu'elles sont incompatibles avec son institution.

Si la Cour voulait n'appliquer le principe de la révision qu'avec les restrictions fondées sur l'établissement du jury, elle se mettrait en contradiction avec tous ses précédens ; car, dans plusieurs occasions, le gouvernement et des membres de la chambre ont proclamé qu'appliquer un principe du droit commun, sans se soumettre à la forme imposée par le Code, ce n'était pas s'écarter de la loi.

Dans le procès de la conspiration du 19 août, le ministère public proposait de rendre un même arrêt sur les accusés présens et absens : « En » refusant aux absens, dont les délits sont portés » devant la cour d'assises, la faveur des débats, » le législateur a eu l'intention de les priver du » bénéfice des jurés ; mais cette intention n'a pu » s'étendre à ceux qui paraissent devant les tri » bunaux semblables au vôtre, et qui ne sont » *pas formés par les jurés. Vous pouvez, en con* » *séquence, sans vous écarter de la loi, ne point* » *vous soumettre à la forme imposée aux Cours* » *d'assises ; notre proposition n'est donc pas* » *contraire aux* USAGES REÇUS! (*Moniteur de* » 1821). »

Ainsi les *usages* de la Cour, parce qu'elle n'est point formée des élémens du jury, l'autorisent à appliquer la révision, et à ne pas se soumettre à la forme imposée aux Cours d'assises, sans s'écarter pour cela de la loi.

La demande en révision, de la famille du maréchal Ney, peut donc s'appuyer sur le droit com mun sans qu'elle soit obligée de subir les formalités du Code d'instruction criminelle.

Lorsqu'on considère que, non seulement l'instruction criminelle en ce qui concerne la révision, mais encore en tout ce qui touche les autres principes destinés à protéger la liberté, la vie, l'honneur des citoyens n'a été fixée, déterminée, établie que conformément au jury, institution fondamentale, et que, pour cette raison, la Cour des pairs a jugé convenable de ne point les appliquer littéralement, on ne concevrait pas qu'elle voulût s'écarter de ce précédent à l'occasion de la famille du maréchal.

D'ailleurs, non seulement le Code de procédure ne peut être appliqué rigoureusement à cause de la juridiction particulière de la Cour des pairs, mais à cause de la nature des crimes dont le jugement est attribué à cette Cour et que la loi n'avait ni créés, ni définis à l'époque où le Code d'instruction criminelle a été promulgué. La Charte fait seule mention des crimes de haute-trahison, et la Charte, qui a fondé la chambre des pairs, est venue après le Code qui règle les formalités de la révision.

Troisièmement. *La demande en révision est recevable suivant la nécessité de l'organisation de la chambre des pairs.*

La Cour des pairs ne reconnaît aucune juridiction supérieure à la sienne. Son indépendance est une prérogative et un devoir de son institution; mais comme l'erreur peut entacher les arrêts de la Cour, la révision constitue, en faveur de ceux qui peuvent la réclamer, un droit incontestable. Ainsi, l'indépendance de la Cour et la faculté d'obtenir justice sont deux droits corrélatifs également puissans, également inviolables, et, comme l'un ne peut être sacrifié à l'autre, la Cour des pairs est appelée, par la nécessité des choses, à réviser son propre arrêt.

La chambre des pairs repousserait-elle cette conséquence en invoquant l'exemple des Cours d'assises? Les arrêts de celles-ci, susceptibles de révision, sont sans doute soumis à la Cour de cassation; et le pouvoir de casser et de réviser ne sont pas réunis; mais de même que la Cour des pairs, pour confondre en elle le pouvoir du jury et des juges, s'est écartée des règles prescrites aux Cours d'assises, s'est appuyée sur *les nécessités de son organisation;* de même on peut, par un motif semblable, soutenir que le jugement de la révision, déféré directement aux juges de la condamnation, est une nécessité de l'organisation de la chambre.

Autre objection. D'après les termes du Code d'instruction criminelle, l'office de la Cour de cassation et de la Cour d'assises est entièrement distinct : l'une, en cassant l'arrêt, n'émet aucune opinion sur le fond de l'affaire ; l'autre, au contraire, sans s'informer des motifs de la révision, décide sur le fond. Or, ces deux opérations, séparées avec soin par le législateur, seraient confondues par la chambre des pairs appelée tout à la fois à réviser et annuler le procès; ce serait donc contraire à l'esprit et au texte du Code.

La Cour des pairs, en statuant sur la demande en révision, aura il est vrai connaissance et du droit et du fait, des griefs de révision et des motifs d'annulation; mais cette confusion n'est ni plus extraordinaire ni plus contraire à l'esprit et au texte de ce même Code que la confusion des pouvoirs du jury et des juges dont la Cour a proclamé si souvent la légalité. Ici, la Cour a décidé à la fois *sur le fait* et *sur le droit* sans être arrêtée par la crainte d'une violation de la loi ; elle doit donc agir avec la même liberté, lorsqu'elle aura à décider à la fois *sur le droit* et *sur le fait.*

Il y a identité et analogie parfaites entre ces deux cas ; et comme l'un n'a eu pour fondement que la nécessité, l'organisation de la Cour, l'autre doit reposer sur la même autorité.

Ainsi les principes de la législation ancienne, éclairés de l'opinion des jurisconsultes et des exemples de l'histoire ; ainsi les principes du droit commun, dégagés des formes des cours d'assises, naturellement inconciliables avec la pairie ; ainsi l'organisation particulière de la Cour, qui se concilie avec le pouvoir de décider sur la cassation et sur l'annulation de l'arrêt, servent de fondement incontestable à la demande en révision de la famille du maréchal Ney.

En Angleterre, la Cour des lords est investie d'une haute magistrature; elle connaît des griefs de haute trahison et tous les attentats contre la sûreté de l'état; elle juge les ministres en l'absence d'une loi organique. Le parlement d'Angleterre, appelé à exercer son autorité judiciaire, se règle par un ensemble de précédens qui, sanctionnés par l'usage et par le temps, ont formé la loi de la Cour : *Lex et consuetudo parlamenti.*

Il n'y a donc point, en Angleterre, une loi formelle pour autoriser la révision contre ses arrêts; et cependant l'équité naturelle, le droit de l'innocence ont fait admettre des moyens de révision.

Le parlement prononce la cassation des jugemens en discutant et votant, comme pour la proposition de lois ordinaires, sur le bill portant annulation de l'*attainder* lancé contre le condamné. Le Roi recommande le bill aux chambres. Après la première lecture, les communes et la chambre des lords votent la deuxième lecture de ce bill; et la prise en considération est discutée par une commission nombreuse mise au sein de l'assemblée; cette commission fait son rapport, et le bill est amendé et adopté s'il y a lieu.

« La révision peut être demandée par les » héritiers ou les exécuteurs testamentaires des » parties après leur mort » (Blackstone, t. 6, ch. 30, *Traité de l'annulation des jugemens.*, p. 326, trad. Chomprue).

Parmi les exemples que fournit l'histoire d'Angleterre, nous citerons la cassation du bill d'*attainder* d'Algernon Sidney, celle d'Alix Lisle, de lord Russell; et enfin du marquis Strafford. Le fils de ce dernier, sous le règne de Jacques II, demanda l'annulation de la condamnation de son père; et, jusqu'à ce qu'il l'eût obtenue, il refusa de siéger à la chambre des lords.

L'exemple de ce qui se pratique en Angleterre, en faisant abstraction de la forme adoptée, atteste la nécessité reconnue d'admettre la révision contre les arrêts d'une Cour souveraine, dont l'autorité n'a pas été réglée par une loi.

Les actes de la Cour des pairs nous ont donc

fait connaître les principes qui ont servi cons-tamment à les régler ; ces mêmes principes doivent déterminer la Cour à admettre la demande en révision, comme nous croyons l'avoir démontré.

Juges criminels, sans procédure, sans pénalité, sans jury (1), après avoir rendu des arrêts, les pairs se croiraient-ils enchaînés pour ouvrir à l'innocence la voie de révision ?

Comment justifieraient-ils leur impuissance ? Par les principes de la jurisprudence ancienne ? ils consacrent la révision. Par les principes du droit commun ? ils admettent la révision. Par l'organisation particulière de la chambre ? elle ne se refuse point à la réunion des pouvoirs nécessaires pour prononcer sur la cassation et l'annulation. Ce ne serait donc que par l'observation rigoureuse des formalités du Code d'instruction criminelle ? mais pour la compétence, pour l'instruction, pour l'application des peines, la Cour s'en est toujours affranchie.

Il n'y aurait donc d'autre excuse que la vo-

(1) M. de Cormenin, *Troisième lettre.*

lonté même de la chambre, qui se croirait maîtresse d'admettre ou de rejeter à son gré ; mais la révision, fondée sur l'équité naturelle, fera fléchir le pouvoir arbitraire de la Cour. La repousser, ce serait proclamer un affranchissement tellement absolu de toute règle, de toute équité, de toute maxime de droit commun, que la conscience publique, justement alarmée, ne verrait ni garantie, ni sûreté dans les lumières, dans le caractère des membres de la haute Cour.

Plus un tribunal est élevé dans la hiérarchie des pouvoirs, plus il doit offrir, aux citoyens, un moyen large d'obtenir justice, et plus ce tribunal doit s'appliquer les paroles suivantes : « Ils sentiront que l'honneur de la justice est » d'être purifiée de tout ce qui la souille; ils » sentiront les conséquences effrayantes d'un » système qui, s'il avait existé comme on veut » l'introduire aujourd'hui, n'aurait été à rien » moins qu'à dévaster la société entière, et au- » rait dévoué à un supplice et à un opprobre » éternels le Montaigu, le Chabot, etc. » (1).

(1) M. Lally-Tolendal, *Mémoire pour son père.*

Si l'on regardait la révision, accueillie même en l'absence d'une loi, comme trop favorable aux condamnés, on devrait reconnaître que c'est une compensation bien légitimement due à ceux qu'on a privés de tant de formalités salutaires.

Nous ne pouvons mieux terminer qu'en citant M. de Barante : son opinion indique tout à la fois les prétentions de la Cour des pairs et la nature du droit qu'elle a toujours exercé.

« Ce n'est pas en vertu du droit commun, et » d'après les règles posées dans les Codes , que les » inculpés sont traduits devant la Cour des » pairs... Ainsi, l'art. 68 de la Charte, qui porte » que les lois actuellement existantes resteront en » vigueur jusqu'à ce qu'il y soit légalement dé- « rogé, ne trouve pas ici son application. Les » lois existantes n'ont aucun rapport avec la ju- » ridiction de la chambre des pairs. Il n'existe » donc, quant à présent, que des rapports de con- » venance et d'analogie entre les procédés de la » Cour et des tribunaux ordinaires ; d'où il ré- » sulte que ceux qui paraissent devant la Cour » des pairs, au lieu d'y trouver trois degrés de » juridiction, comme dans le droit commun ;

» voient l'instruction , l'accusation et le jury
» confiés aux mêmes magistrats. Ce qui dé-
» truirait les garanties les plus essentielles et
» les plus sacrées, si l'indépendance et la souve-
» raineté de ce haut tribunal n'y suppléaient point
» par de fortes garanties morales. En outre, les
» fonctions de juges et de jury sont confondues
» dans la personne des pairs. Voilà, certes, la
» plus forte violation du droit commun, et qui
» indique qu'on est hors de sa sphère. L'accusé
» n'a pas non plus la possibilité d'exercer une
» seule récusation ; ainsi , beaucoup de nobles
» juges ont dû penser qu'alléguer le droit commun
» contre l'accusé, lorsqu'on s'en écarte dans tant
» de parties qui servent de garanties, n'était pas
» un devoir imposé à leur conscience ; *ils ont*
» *cru que la seule compensation à tant de trans-*
» *gressions des règles judiciaires , était la fa-*
» *culté de ne point être liés par celles seulement*
» *qui sont préjudiciables à l'accusé.* »

Nous croyons avoir démontré que pour être
fidèle à ses précédens, et pour appliquer les prin-

cipes qui lui ont servi de règles, la Cour des
pairs doit admettre la demande en révision de la
famille Ney.

———

Avant de porter la demande en révision à la
chambre des pairs, la famille du maréchal a
sollicité une ordonnance du Roi, qui constituàt
cette chambre en Cour de justice. Les *précédens*,
établis par l'usage, ont engagé à suivre cette
voie. Il y avait d'ailleurs un motif impérieux ;
comme parmi les moyens de révision invoqués,
se trouvait celui de la *révision gracieuse*, l'exercice de la prérogative royale ne pouvait se mani
fester que par un acte, expression de sa libre volonté, et nécessairement précédé d'une délibération du conseil du Roi.

Mais pour la révision, fondée sur un *droit
absolu*, la demande d'une ordonnance n'a été
qu'un hommage aux *précédens*, et non une renonciation au droit incontestable de réclamer
directement un arrêt de la chambre des pairs ;
cette haute Cour tient ses pouvoirs de la Charte,
et non du bon plaisir ; c'est donc à elle seule,

et non aux ministres, à juger sa compétence. Ainsi, d'après les principes développés dans ce Mémoire, la famille du maréchal Ney serait fondée à demander directement justice à la chambre des pairs.

Cependant, dans la sphère élevée où se trouvaient les pairs et le conseil du Roi, il est peut-être convenable, dans l'intérêt de l'ordre et de l'harmonie des pouvoirs, que la famille du maréchal, même pour des droits hors de la compétence des ministres, ait provoqué une ordonnance du Roi; cet acte, sollicité simplement comme mesure de haute administration, pour cas de *révision rigoureuse,* n'oppose donc aucune responsabilité au conseil du Roi; l'appréciation de leur mérite appartient entièrement à la Cour des pairs. Or, nous ne concevons pas comment les ministres se refuseraient à concourir, par une ordonnance qui, en définitive, n'est pas nécessaire à la réparation qu'on demande. Craindraient-ils l'inconvénient d'être appelés, à délibérer trop souvent sur des demandes de révision? Qu'ils se rappellent les sages paroles de Jousse :

« On ne peut refuser ce dernier remède à celui
« qui se prétend innocent, et l'on ne voit pas
« qu'il puisse jamais en résulter de grands incon-
« véniens. »

Ajoutons que l'égalité devant la loi donne à
toute personne le droit d'élever la voix, et que
l'innocence, frappée d'un injuste arrêt, a toujours une assez haute dignité pour mériter la faveur de l'intervention royale. Mais, même parmi
tous ceux qui ont un droit égal, la sagesse du
prince et la prudence de ses conseillers distingueront toujours, pour concourir avec empressement à
la révision, les procès où l'arbitraire a lutté contre
un nom recommandé par les services rendus au
pays ; ils distingueront ces injustices gravées dans
l'histoire, dont le souvenir est presque une fa-
tigue pour la nation, qui survit aux révolutions
et aux années, et se joint à la famille pour solliciter une réparation solennelle.

Cette considération plaidera auprès du conseil
du Roi en faveur de la famille du maréchal Ney,
et les ministres n'oublieront pas qu'on ne veut
point revenir sur tous les actes du procès, mais
revendiquer l'application des termes protecteurs

de la convention du 3 juillet, de cet acte qui reposait sur la *foi publique,* dont le chancelier de Lhospital a donné une si belle définition (1).

« La foy publique est ung gage de la parolle
» du Roy, qui prend son fondement de la jus-
» tice et de la majesté royale; et cette foy est le
» lien de la sûreté publique, et, ce lien rompu,
» l'estat est fluctuant et contemptible, et l'o-
» beyssance des sujets doubteuse.

» Jamais ne faut faire fausser sa parolle, et
» tous ceulx qui luy baillent ce conseil de
» rompre, altérer, desguiser ou subtiliser sur
» la foy de sa parolle, sont des meschans qui
» n'ayment pas le profit et l'honneur du Roy;
» estant bien certains que la plus belle réputa-
» tion d'ung monarque, c'est d'estre prince
» véritable et fidelle en ses promesses......

» Enfin la foy publique est l'ancre de salut;
» c'est le refuge et l'abry souls lequel les peuples
» se mettent à couvert; c'est la forteresse souls
» la faveur de laquelle respirent les citoyens en

(1) *Traité de la réformation de la justice,* sixième partie, p. 149-148, éd. de M. Dufey.

» toute sûreté, et si vous leur ostez et manquez
» de garantie, ne trouves pas estrange si mal-
» heur vous arrive ! »

Paris, ce 24 janvier 1832.

G. DELMAS.

FIN.

www.ingramcontent.com/pod-product-compliance
Ingram Content Group UK Ltd.
Pitfield, Milton Keynes, MK11 3LW, UK
UKHW020931120726
13693UKWH00003B/1255